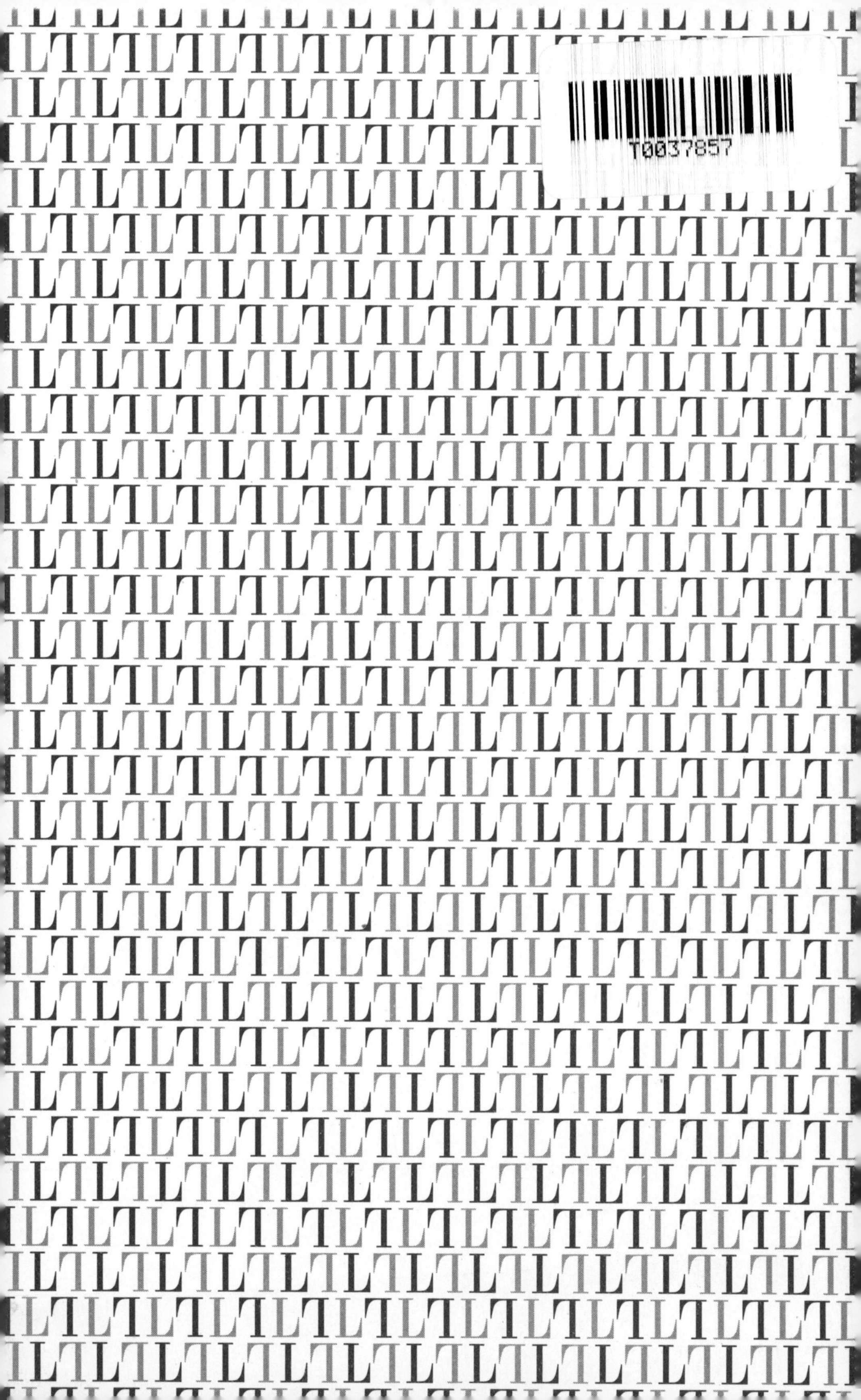
T0037857

Donde vuela el camaleón

Donde vuela el camaleón

Ida Vitale

Lumen

narrativa

Papel certificado por el Forest Stewardship Council®

Primera edición: septiembre de 2023

Printed in Spain – Impreso en España

ISBN: 978-84-264-1692-6
Depósito legal: B-12.178-2023

Impreso en Unigraf, Móstoles (Madrid)

H 4 1 6 9 2 6

Para Celina Rolleri,
para Jorge Damonte
y para
Federico Damonte Rolleri

Cameleonne.

Questo vive d'aria e in quella sta subietta a tutti li uccelli e per istare più salvo, vola sopra le nube e truova aria tanto sottile che non po sostenere uccello che lo seguiti. A questa altezza non va se non a chi da' cieli è dato, cioè dove vola il cameleonne.

LEONARDO DA VINCI

Para condenar lo hecho se sigue haciendo.
Y así se hace: para condenar lo hecho.

ANTONIO PORCHIA

¡Paciencia, buscadores!
Las luces del misterio
serán dadas por este mismo

KARL KRAUS

Los juegos de la ira

Primero todos intercambiaban con él el pan y la sal. Después manifestaron, torvos, que él había dejado de merecer el pan. Que quizás nunca lo había merecido. Y se lo suprimieron. Él esperaba, sometido a la lógica, que le fuera retirada la sal, ahora inútil. Pero un día vinieron, uno tras otro, minuciosos y acordados, lo estaquearon y desgarraron parte de su piel. Luego extendieron sobre las heridas toda la sal a la que tenía derecho, retirándose con la perversa seguridad de que no le sería posible acusarlos de ese pecado tan denostado, la avaricia.

De tejados arriba

Un reglamento se posó sobre un tejado. El tejado, no insensible, sintió el peso nuevo y se inclinó un tanto en el lugar correspondiente. El reglamento interpretó los cambios de nivel de su punto de apoyo como una rebeldía o al menos una disconformidad y se sintió agredido. No por eso levantó vuelo. Picoteó con enojo las tejas sumisas. Luego de desahogarse pensó que quizás por allí carecían de noticias sobre lo palmario de sus méritos. Era grato, a veces, ser tolerante, tender a la disculpa, dar oportunidad de que lo justipreciaran. Para ello cumplió un breve vuelo airoso alrededor del tejado. Eso no constituía una hazaña, pero él supuso que bastaría demostrar gracia, precisión y gravedad en su desplazamiento para que se celebraran sus más que virtuales valores.

En el fondo de su escritura confiaba en las posibilidades de llegar a ser, a corto plazo, algo más que un simple reglamento. ¿Precepto, dogma? Al mirar hacia abajo, hacia la sabana anodina de las meras disposiciones, hacia el limo de los proyectos, estaba satisfecho de su lugar en el empíreo legal. Claro que podía ser derogado, circunstancia en la que prefería no pensar. ¿A quién le gusta darle un perfil al azar nulificante? Pero también cabía una gloriosa culminación: de sus hipotéticas cenizas (gustaba imaginarse como un ave Fénix de los legajos) podía renacer convertido en una ley primordial, incombustible. Al fin, su especie bien podía estar cerca de esa aptitud bienaventurada.

Entretanto, el tejado, prudente, no imaginaba otro futuro que la paulatina destrucción de sus partes a plazo más o menos largo, sin miras a ninguna leyenda redentora. Habiendo aceptado su destino de cubrir y proteger, de soportar lluvias, vientos y pájaros de cualquier especie, contempló impávido las inútiles ostentaciones del reglamento, apostando a su propia limitada duración, a la confianza que los humanos depositaban en él.

El tejado, como que lo era de catedral, todavía dura y es atendido en sus achaques. El reglamento, ni siquiera derogado sino meramente caído en desuso, alimenta con su materia, perdida en una necrópolis de sombríos y polvorientos archivos, a generaciones de insectos. Éstos la encuentran muy útil. De su espíritu nadie se acuerda.

Sobre un gorrión no azul

El gorrión, ¿era gris porque se sentía gris?, ¿siendo gris agravaba su grisura al no tolerar su condición? Sufría. Ser azul, ser quizás verde. No, ser azul. Ser, en un relámpago, azul como un relámpago. Comer aleatorias migas regaladas, pero azul. Piar azul. Corría el riesgo —intuitivamente, a la manera de los gorriones, lo sospechaba— de perder su identidad. Pero ¿qué hacer? Era pancalista nato. Tenía, además, una indecisa mezcla de orgullo y de modestia. No hubiese admitido que se le confundiese con el pájaro azul, lo bastante difuso y literario como para resultarle anacrónico en sus excesos líricos al gorrión, tan terrestre pese a sus anhelos. Ni siquiera pensaba en equipararse al bellísimo *blue jay*, al azulejo celeste, azul y blanco, que deja suspenso a quien lo ve por primera vez, hasta que se sobresalta con la voz desapacible de sus querellas. El gorrión sabía que su piido, si no rico en melodías, era tierno, satisfactorio. Tampoco se conformaba con el leve toque azulado sobre pajizo pálido del paro. El gorrión, habitante del mundo, admiraba a ambos sin entender la mesura con que limitaban sus dominios. El trepador azul era, en definitiva, más gris que azul, el herreruelo era más que nada amarillo, de un amarillo ordinario, imposibilitado de mezclarse con el cielo.

Perder la identidad... Pero perderla en el cielo, en un escándalo único y ostentoso. Ícaro tuvo su catástrofe solar. Él no aspiraba al incendio ni a cambiar sus alas que, aunque grises y pequeñas, no eran de cera, sino que eran buenas alas naturales. Ni podía subir tanto para sumirse en el color amado. Pero ¿se trataba de confundirse o, tan solo, de tener su propio pigmento noble?

Así pasaba su vida breve de gorrión, de gris a castaño oscuro, atusando sus plumas mínimas, para lo cual no necesitaba contemplarse en un espejo de agua. Con los años ya casi estaba resignado a los colores que le habían correspondido en suerte. Y su última hora lo hubiese hallado melancólico pero en paz, de no haberle tocado antes escuchar un revelador y peripatético comentario acerca del plumaje de su especie: con su gris y su café, su prieto y su borroso, cada gorrión es distinto de todos los gorriones y puede considerarse único en la infinita naturaleza ornitológica. Aunque el hombre, en su general ceguera y desinterés, lo desdeñe y segregue por inane y desasido, en montón, él es similar pero no igual. Conmovidísimo quedó el oyente. ¿Podían decir eso los hermosos pájaros tan paramentados pero idénticos a sus hermanos?

Se curó de pronto de sus viejos delirios, de su obsesión celeste. Fue una lástima. Dedicó el resto de su vida a observar a sus semejantes, a estudiar con envidia sus matices y dibujos, a detestar, ahora de modo más íntimo, los apagados tonos rivales. Perdió aquella meta quimérica que le había dado, si angustias, también dichas, para poner sus ojos en la tierra —o poco más arriba—, turbado en su alma por una mezquindad casi humana de la que había estado libre. Ahora no tenía ilusiones de ningún color.

El fin de los minotauros

El laberinto no fue único, el minotauro no fue uno. La prolífica especie de los minotauros reinó un tiempo en el planeta, no en su superficie sino en infinitas, intrincadas y movedizas galerías subterráneas. Todos conocían a uno o a varios minotauros que habitaban en el subsuelo de su propia morada o en el bosque próximo y con los que, en general, se mantenía una relación amistosa o al menos de cortesía o de doble tolerancia. Abundaban.

Solo las playas estaban exentas de ellos porque preferían cierto cobijo u ocultación para las entradas de sus laberintos, cosa difícil de lograr en las abiertas arenas cercanas al agua.

No eran anfibios y la proximidad de esta de poco les servía. (Sus jubilosos chapoteos, que parecían cristalizar las espumas, eran la culminación de carreras en círculo, de significado desconocido, que se cumplían en la orilla). Digamos que había casi tantos minotauros como palomas, aunque la suya fuese una raza no voladora, acompañada, vaya a saberse por qué, de simbolismos oscuros.

Solían tener cuerpo de hombre dominado por una cabeza de toro. Esta imagen, abusivamente explotada por algún pintor que sin duda se reconocía en ella, no era monótonamente invariable. Hombre leve, cabeza toril, hombre membrudo, culminación en cabeza de becerro: entre esos extremos corría una parte de la gama. Podían verse cuerpos movedizos y cabezas románticas, casi vacunas, que no metían miedo a nadie; y también toros con cabezas bastante humanas, aunque estos se consideraban turbadores mutantes.

Su comentado e irregular origen tenía que dar lugar, como es natural, a estas fastidiosas variantes. ¿Qué podía salir de un bellísimo toro blanco que quizás fuese Zeus y de una mujer que, aguardando el apasionado asalto amoroso desde el interior de una fábrica vacuna, debió haber experimentado, en trance tan fuera de proporción, algún sentimiento y placer bovino?

Hubo, eso sí, un primer Minotauro. Así como fue insólito su nacimiento fue insólita su multiplicación; no por parto ni mucho menos por partenogénesis, sino por concreción de imagen obsesiva. No podía Pasífae dejar de pensar la monstruosa generación en que estaba implicada. Cada vez que pensaba en ello, un nuevo minotauro venía al mundo. A veces el pensamiento se le desmadejaba, apartándose de la especie original, y se precipitaban las variantes, más o menos airosas, más o menos cercanas a su antecedencia. Y eso siguió ocurriendo hasta la deplorada muerte de Pasífae, la madre más prolífica e involuntaria de que se tiene noticias, aunque incompletas.

Cansados de sí mismos y quizás de su nombre —que les recordaba a un padre que, pese a su proverbial sabiduría, había sido culpable indirecto del traspié de la madre, un tanto descuidada entre tantas responsabilidades de Minos—, minotauros había que se alejaban del mar para revolcarse en el limo. Pero ni iban más allá en la manifestación de sus pesadumbres, ni resurgían trocados en lobo, aunque fuesen capaces de ver en las tinieblas.

Los habitantes de la superficie se inquietaban a veces con los ruidos sordos, retumbantes, que provenían del allá abajo. Los minotauros cumplían su secreta y nocturna vida sin malicia, pero sus movimientos trascendían hasta los hombres, creando pesadillas y falsos sueños proféticos que, al no cumplirse, enfurecían a quienes habían confiado en ellos por insensatez. El enojo filtraba como una lluvia ácida hacia los semitoros.

Éstos, en la medida en que no eran humanos, sentían una irreprimible pasión por la luna, a la que contemplaban cuando esplendía en el cielo, asomados a la entrada de sus cuevas confusas. Pero, aun no habiendo luna, la noche despertaba sus indisimuladas nostalgias, puesto que en las lacerías de las constelaciones miraban, divinizado, el dibujo no muy bien comprendido de sus enredados dominios.

Eran seres dulces y en esos momentos de pacífica adoración ofrecían una imagen muy conmovedora de su vida y deseos. A pesar de esto, los hombres tejían taimados proyectos en su contra; recelaban de sus vecinos doblemente, por lo que tenían de hombres y por lo que tenían de toros, no olvidando la extravasada torpeza que había empezado a gestarlos. Así, dieron el primer paso estableciendo una vigilancia colectiva, sin mayor disimulo, sobre esposas, hijas y hermanas. So pretexto de higiene, conservación o *status*, reforzaron los pisos de sus casas, quién con mármol, quién con robustas tablas, en prevención de que pudieran establecerse accidentales o perversas comunicaciones entre las de arriba y los de abajo. Los bosques estaban recorridos por endémicas partidas de caza que, dejando en paz perdices, ciervos y urogallos, se orientaban al azar, más preocupadas por percibir algún clandestino movimiento amoroso que en sus presuntas actividades cinegéticas. Los guardabosques, aliviados de sus tareas específicas, espiaban como vecinas chismosas el posible soluble encuentro de una pareja indebida.

Sin embargo, todo eran suposiciones de la malquerencia. La raza minotauril, como otros híbridos menos prestigiosos o menos notables, era estéril. Y aunque esto no bastara a calmar los recelos humanos, sino todo lo contrario, con poco que el hombre se hubiese interesado de modo sano y científico en el problema de cómo se reproducía aquella, no habría tardado en hacérsele evidente que eran castos como las piedras. Tanto pesaba en los minotauros la vergüenza de su procreación, tan afrentoso les resultaba llevar los indisimulables estigmas de la cruza, que no se gustaban, ni a sí mismos ni entre sí. Apenas se soportaban por caridad y compadecimiento. Esto excluía el amor. Menos hubieran sido capaces de concebirlo fuera de su especie. Además, las mujeres los rehuían. Algunas los detestaron, vista la vigilancia a la que se veían sometidas por su causa. En especial, las que estaban enredadas en alguna aventura con un humano, ahora dificultada. Otras, inocentísimas, los eludían con cierta desazón.

Estaban, pues, condenados a un aislamiento casi mortal y, en un ya previsto corolario, a extinguirse y lo sabían, aunque los últimos venidos al mundo fueran o parecieran más inconscientes del final que se cernía sobre su raza. Sí, chapoteaban jubilosos. Pero no los culpemos. Ya se sabe que no fueron la única especie que, por un motivo u otro, mira su propia declinación, paladea el peligro y no detiene sus carreras irresponsables.

Las hemorroides de oro

El príncipe filisteo lleva un tiempo sintiéndose incómodo. Cuando está de pie. Cuando pasea por los jardines que discuten el desierto, en las inevitables revistas a sus tristes tropas. Sobre todo en las sesiones de la corte. Allí, mientras permanece mayor tiempo del soportable retrepado en su trono durísimo ve, además, las miradas que siguen sus involuntarios visajes y, uno a uno, los movimientos con los que intenta eludir ciertos dolores insidiosos. El príncipe filisteo, aunque hijo de tiempos rudos, tiene pudores. Como el último de sus súbditos, barrunta tras cualquier calamidad el castigo de Dagón. Por ello no osa confiarse a nadie.

Pero no hay mal que dure cien años y menos en secreto. Educado para observar con atención a su gente, amén de tolerar ser observado por ella, supo un día que sus gestos tenían ecos. No era posible imaginar burla deshonrosa. Tampoco imitación servil. ¿Pueden copiarse esos dolorosos relampagueos que pasan por el rostro, esas leves crispaciones que sobresaltan el cuerpo? Al fin descubrió que la corte entera y más allá de ella, el pueblo, no por desdibujado menos real, padecía como él. El clamor de la ciudad subía desde su gran quebrantamiento.

Abreviemos. Los adivinos cumplieron su tarea y hablaron. Dijeron lo inverosímil. Reconocieron que el dios ajeno, cuya arca capturada se guardaba en el templo de Dagón, era más poderoso que este. Por lo pronto, había cortado cabeza y manos al dios filisteo. Eso no era novedad en las altas esferas. Pero tan terrible desmoche no había disminuido su irritación, según se notaba ahora.

Para calmarse, Jehová exigía estipulaciones de codiciosa extravagancia. Lo de menos era la devolución del arca del pacto con Israel, birlada a los hebreos. (Arca que resultó una verdadera catástrofe, una pavorosa fuente de contagio: como en Asdod, en Gath, en Gaza, en Ascalón, en Ecrón, allí por donde la fueron pasando, allí asomó la impertinente enfermedad).

Pero además reclamaba cinco ratones de oro, uno por cada príncipe filisteo, puesta a relucir con notable espíritu de lucro aquella plaga ratonil, ya entonces preterida, que tanto trigo costara. Y para que estuviera claro de quién y por dónde procedían los castigos, todo iría barrocamente acompañado por cinco hemorroides de oro. Había que ver. ¿Y cómo quería las hemorroides? ¿Figurativas, abstractas? ¿Qué forma tendrían? ¿Y qué tamaño? ¿Se trataba de un mero emblema o debían ejecutarse con precisión médica?

Los filisteos no tenían ni la más remota sospecha de lo que alegaría sin embarazo Nicolás de Cusa, algunos siglos más adelante, a saberse: que Jehová era a la vez varón y hembra. ¿Se explicaría ese antojo del dios de los hebreos por un femenino gusto por el oro, que en algunos casos no separa la belleza natural de este, su pureza, su brillo y el trabajo en él cumplido, de su valoración crematística?

Empezaba, sí, a saberse que la poca paciencia de Jehová castigaba hasta los pensamientos contrariantes. Urgía adivinarle el capricho. Los orífices estaban de parabienes y viéndose revestidos de nueva importancia, se avispaban adivinos y aducían sueños en los que las áureas hemorroides adquirían grandiosas magnitudes, cuya mención estremecía a los sufrientes. Y como también había que fabricar un carro para transportar el arca y ofrecer las vacas que tiraran de él rumbo al ineludible sacrificio, a la hora de cotizarse para una cosa u otra todos dudaban, inseguros de los costos y queriendo más adivinar que pensar, por aquella ya sabida penetrante vigilancia divina.

La pesada mano de Jehová siguió aplicando un dedo inmisericorde en cada dolorido hasta el momento en que el carro estuvo listo. Cargado con el oro de la expiación, se lo encomendó al tino de las vacas que, mugiendo premonitoriamente y sin distraerse, llegaron a Bethsemis. Esto fue, claro, para desgracia del lugar y de las vacas, que allí fueron sacrificadas en holocausto sobre una gran piedra, sin duda prevista desde la creación para ese momento. No se tuvo en cuenta el mérito de aquéllas en el esclarecimiento del origen de las muchas desgracias, ya que al tomar el camino correcto denunciaron que en estas no había accidente, ningún acaso y sí intención jehovina, mala. ¿Estaría esta prueba del nueve suplementaria ofrecida por los adivinos o reclamada por el escepticismo de los príncipes, todavía encariñados con Dagón?

Lo cierto es que pese a que todos se superaron en punto a obediencia y sacrificios y que se proveyeron ratones de oro por cada una de las ciudades filisteas,* hubo pingüe reparto de castigos: cincuenta y siete mil hombres fueron heridos por Jehová, a quién no le sentó bien que tantos ojos curiosos se centraran en el arca. Palos porque bogas y si no bogas palos.

Los filisteos pensaron que más valía compartir los peculiares honores que deparaba el arca y la llevaron a los de Chiriath-jearín. Estos, animosos e inconscientes, la aceptaron por veinte años. Por sugerencia de Samuel dejaron de servir a Baal y a Astaroth para inclinarse ante Jehová. Y los filisteos tuvieron la inoportunidad —era evidente que sus adivinos eran harto ineficientes (quizás no habían

* ¿Se habrá servido recogerlos Jehová después de su estridente antojo? ¿De qué manera?

terminado sus cursos o pertenecían a una generación de texto único)— de ponerse a pelear en plena celebración del holocausto. La previsible furia del dios aniquiló monótonamente a los filisteos. Que a esta altura terminarán por darle pena a cualquiera que se incline por los derrotados del mundo. Depositemos un ratoncito mental en su recuerdo. Es un símbolo más simpático que unas hemorroides.

Si nos atenemos a la Biblia —y sería insensato discutirle sus bandos— este mal humano habría empezado, entonces, en las cercanías del pueblo elegido. Pese a su nombre, el retorcido presente griego no fue utilizado por Zeus, que prefirió administrar transformaciones radicales a la hora de sus encrespadas venganzas. No sé si el arabismo equivalente, cuyo sonido me he acostumbrado a considerar desairado, compromete a Mahoma. No me aventuro en terrenos donde el sentido del humor hoy no prospera, como bien se sabe.

Zenón el sedentario

¿A qué edad morían los griegos cuando no se interponía la cicuta? No hay estadísticas. Siento la tentación de iniciar una lista —que sería ilegítima e incompleta— a partir de Homero, al parecer provecto, amén de ciego. Pero como no faltan los que proclaman su condición primordialmente mítica, prefiero desistir de comienzos riesgosos. De todas maneras, de quien quiero ocuparme es de Zenón.

Zenón no es demasiado viejo, si tenemos en cuenta las edades de los patriarcas hebreos registradas en el Libro y que han de ser fidedignas: el glorioso registro no puede dar datos falsos. Comparado con aquellos, Zenón no pasó de una relativa infancia, con esos sesenta y pico de años que me atrevo a atribuirle. ¿Pero qué sentido tiene remitirnos al mundo semítico pretérito? Zenón tampoco padece enfermedades, no más, al menos, que sus escasos vecinos, aunque podría sospechársele un exceso de cálculos. Sin embargo, a diferencia de la mayoría de los griegos, detesta los viajes. No rechaza el mar, porque el avance de las olas le permite concebir el piélago que se mueve, acercándole las distancias, mientras él permanece en un punto bien fijo de la orilla. Adivina, quizá, la futura demasía aventurera de Alejandro. Y hasta es posible que proyectándose en el tiempo con el pensamiento —esa gran quietud movediza— intuya el repetido comercio de nuestros días y la horrible frotación que implica. ¿Habrá sabido que el movimiento iba a poder ser considerado como una alienación? Lo cierto es que las obsesivas fragmentaciones del espacio a las que se libró el estático Zenón tenían que concluir todas en la inmovilidad definitiva del inquieto más empedernido.

Es posible que un exagerado sentimiento de gratitud hacia Elea, la tierra que contribuirá a darle el nombre con el que será famoso, lo mueva a no querer alejarse ni un poco de ella.

El discípulo le había salido discutidor a Parménides, que si bien con ciertas responsabilidades en esta eleática tendencia al estancamiento, no había llevado tan lejos la manía. Zenón guardaba la memoria inconsciente de aquellos primeros tiempos en que los cielos estaban de continuo cruzados por los dioses o por sus mensajeros plenipotentes en tareas de venganzas, premios e intervenciones no siempre justas en favor de los peones humanos y observó que de lo quieto venían menos peligros. De ahí que haya fabulado un sistema de avances disuasorio. Zenón era un devoto del cero, que es lo que está más cerca del infinito. De lo infinitamente vacío o de lo infinitamente lleno. Es lo mismo.

Pero fue más allá. Luego de proponerse su quietud, pretendió la quietud de todos. Sabe que el mar es la libertad del griego, pero que ese mar implica también riesgos o perturbaciones, si no se ignora a Homero. Zenón, sobre cuya célebre aporía de la tortuga y la liebre no quiero volver (siempre los pobres animales han de dilucidar temas que conciernen al hombre), era, entre otras cosas que de la dicha aporía podrían deducirse, un indeciso.

Cada vez que iba a cumplir una acción, a veces un mero movimiento, como se detuviese un instante a analizarlo, era lo más probable que lo dejase en suspenso. Podía espantarse una mosca con un gesto espontáneo, que eso le brota hasta al más dubitativo; pero de proponerse una acción que requiriese sucesivas instancias, por ejemplo, caminar en busca de algo o de alguien, al primer paso empezaban sus dudas. «¿Tenía sentido ir en esa dirección? ¿Y si primero...? ¿Y si en vez de...?». Pensar era atascarse. Al segundo se sentía vacilar y, naciéndole una idea diferente, se encaminaba hacia otra parte para volver a detenerse, orientando su voluntad de un nuevo modo contradictorio. Al cabo, ya olvidada por completo su intención inicial, se quedaba en un ser, filosofando sobre las virtudes de lo estático.

No lo perturbaba el punto al que arribaría en su movimiento, sino lo que las direcciones postergadas o abandonadas para siempre podrían tenerle reservado, opciones que él estaba al borde de aniquilar. Por eso se detenía y reflexionaba. Por eso, toda su simpatía decisiva, por los siglos de los siglos y mientras otros sedentarios, quizás también indecisos, lean, acompaña tendenciosamente a la tortuga, que por su parte ignora en qué anómala debilidad del espíritu se apoya su especioso triunfo.

Inundación

Un sonido de gota al caer se repite en la noche central y hasta ese momento insonora, insiste, un chasquido persigue a otro, cambia de calidad, ya no corresponde al choque contra una lisa superficie de loza, va siendo menos preciso cuando la siguiente gota encuentra algo más de agua y las que vienen después se sumergen ya sin ruido, aceptadas en el cauce líquido, y en el silencio calcinado crecen arenas y se filtra en ellas un largo valle verde, en este cunden las aguas de Merón, que se rodean de pantanos y de juncos y desbordan y son las fuentes del Jordán y allá arriba el cielo es altamente azul y abruma al asno pequeño que lleva a una mujer de manto también azul inclinada bajo el sol terrible y sobre un niño, mientras a su lado camina un varón erguido y les da sombra...

Una nube oscura

Es posible imaginar una nube cuya estratificada o cumulosa sustancia, al abultar un día, oscura, sobre el horizonte de una ciudad, llegue a cambiar el destino de alguna criatura, al menos, de las que en ella viven.

La ciudad podría ser de esas —todavía las hay— con la bendita cualidad de gozar de un cielo limpio, ya porque la pobreza de sus habitantes no dispone de esos beneficios de la civilización que tanto ayudan a vivir a algunos como a morir a muchos, ya porque un régimen de vientos oportunos limpie velozmente los estragos del hombre en el aire.

En ese caso, la sombra inesperada y la opresión que baja desde el gris que se asienta donde no se lo espera, al caer sobre deprimidos o violentos, los puede precipitar a la torpeza de un gesto sin retorno.

Atento a la luz que acompaña a su espíritu, quizás algún raro dichoso note el cambio. Solo los que están en paz con ellos mismos destinan un poco de esa paz a percibir signos exteriores, a rastrear posibles bellezas, aunque oscuras.

Otros, los limitados otros, no se enterarán de los poderes que de la forma y el color de esa nube emanan. Viven sin mirar nunca hacia el cielo, acostumbrados a no esperar que desde la altura, algo modifique sus desdichas, ni siquiera por un momentáneo olvido de ellas.

Pero esta nube bien podría influir de modo muy decisivo sobre alguien, por no tratarse de una nube corriente, nacida de normales evaporaciones del agua de ríos, de lagos o de mares, sino originada en un excepcional flujo de lágrimas. Aunque no de modo muy público, hay siempre una profusa producción de lágrimas. No todas son de la misma calidad, como es natural. Algunas vienen de un dolor legítimo, por la muerte de un ser querido o por sus tribulaciones, por catástrofes reales compartidas con generosidad y aun por esa indignación honesta y tumultuosa que sale al paso en vano al mal que se ha vestido de Caperucita Roja. Producen una evaporación más fina y nubes más exquisitas y comprensivas. Absorben desde arriba ciertos duelos, incluso los destilan y distribuyen, vertiéndolos allí donde son necesarios, donde hay almas áridas que requieren aunque sea una leve pulverización humectante. También existen llantos un poco grotescos, los de la vanidad herida, por ejemplo, pero si hay escasez todo se aprovecha.

Pobre de aquel territorio donde la nube oscura no vigila el equilibrio humoral. Las almas yermas se adensan, cobran peso y, aunque casi rocosas, adquieren el poder expansivo, la condición sabida de la bola de nieve. Todo a su alrededor se vuelve declive y pueden devastar la planicie afectada.

Transitiva

Siempre le había costado sobremanera tener una idea clara del tiempo. Solía tenerlas demasiado oscuras. Llegó un momento en que no supo si era abril o junio, sin estar tampoco muy seguro del año. Un día hermoso notó que el árbol del jardín había amanecido cubierto de yemas. Al parecer, demostraba una admirable puntualidad —pese a los embelecos de las nieblas ciudadanas— allí donde él tanto erraba. Creyó oportuno tomar alguna lección de calendario. Observó el árbol a todas horas y, encontrando en su quietud tanta variedad de entretenidas manifestaciones, comenzó a pasar lapsos más y más largos examinándolo abismadamente. Llegó al fin un instante en que se descubrió mirado en su inmovilidad por un anciano que, detrás de polvorientos vidrios, ponía en sus ramas los ojos quietos, vacíos, destemplados.

Catástrofe a dos voces

I

La señora Castaño ha murmurado: «Si cayese de una vez la noche...», cerrando los ojos para recorrer un móvil laberinto de ecos y encajarse, paralizada, en la cotana no se sabe cómo abierta. ¿A ulular de sirenas, a aullido de perros aterrados? Cuando abrió los ojos, sobrenadando su angustia, la tierra estaba negra, compacta, y el cielo era de un blanco purulento. Denso, anunciaba blancuras prolongadas detrás y arriba de la más cercana apariencia.

El cielo, sea cual sea su matiz, suele ser silencioso. Los ruidos, aun los más leves, vienen de la tierra. Hasta los cantos de los pájaros, pese a su condición casi celeste, suben desde ella y los reclamamos, quizás, porque nos ayudan a concebir un modo con alma de producirse esta materia con la que vivimos, ay, tan involucrados. La repentina blancura era ausencia de colores pero también de ruidos. El algodón sideral lo obliteraba todo. En lo oscuro inferior, sin embargo, algo, de tanto en tanto, traslucía las formas, de pronto imprecisas, magnificadas, de casas, de árboles próximos, que estaban sin duda donde siempre, pero afantasmados, incompletos, por lo tanto inciertos, peligrosos.

La primera impresión en la que se detuvo la señora Castaño fue la de inseguridad. El piso bajo sus pies, para empezar, era lo más gravemente inseguro, puesto que ya no lo distinguía. No se atrevía a moverse, porque muy cerca de allí había unos escalones, aunque algo en ella estaba pensando: «al menos hasta hace un momento...».

II

El cielo, es indudable, ha empezado a caer desde hace unas horas. Su esmalte azul se está desprendiendo. Cada vez que vuelvo la vista hacia él, después de una irresponsable distracción, descubro una nueva descascaradura, por la que asoma un fondo incoloro y grisáceo. Trozo a trozo, el esplendor se agosta. Lo invulnerable ha bajado su escudo y una lanza invisible lo injuria. Si sangrara de estas heridas, estaríamos envueltos en un acontecer heroico. Pero nada enrojece la hora. Ni siquiera el óxido de la decrepitud, que muy bien podría ser el deterioro que hoy se revela, al cabo de una inconmensurable preparación. Simplemente, por cada entalla, algo del celeste azogue mana, se esfuma y deja crecer cada vez más la decolorada mácula.

Siempre me he sentido responsable de todo mal cercano, aun sospechando que eso puede implicar una desmesurada vanidad. Ya es tarde para revisar mi respuesta a las circunstancias. Intento, pues, recomponer la devastación, aplicando a lo cada vez más turbio, la claridad de mis ilusiones pasadas, las reservas que tomo de mi almacén de firmamento propio. Muy a mi pesar, el acervo al que acudo no parece suficiente. Ese indescriptible color al que estamos tan habituados no se recompone.

Yo solo no daré abasto. Si olvido, generoso, tantas ofensas y tanta incomprensión e imagino una reserva de nobleza digna de esta altura victimada en seres a los que supongo, por muchos motivos, escasos de toda virtud célica, ¿podría recabar los fulgores necesarios para probar a reconstruir este bien de todos, que, sin embargo, tan pocos merecen? Pero ¿alguien más podrá auxiliarme teniendo en estos momentos la misma idea: que desde lo más alto se le está pidiendo mudamente a los hombres distraídos un esfuerzo para detener este desvencijamiento, este derrumbe del más puro y menos defendido bien que hayamos heredado?

Premio mayor

El asombrado señor acaba de enterarse de que ha sido privilegiado en la lotería del Demonio. Una única vez en el desborde de los siglos y a modo de propaganda y tentación para creyentes amenazados de descreimiento, el Ángel Caído —ya muy repuesto de sus iniciales contusiones— resolvió organizar algo que convenciera al mundo de que él cumplía de modo estricto con sus malos propósitos, estableciendo mediante sorteo universal un premio del todo exento de compromisos por parte del favorecido. Consistía —qué menos— en la felicidad, que suele ser lo más apetecido, quedando por esta vez el alma del ganador al margen de cualquier menoscabo: ni un roce mancillador siquiera, ni un vistazo al más inocuo avernito aparecían como exigencia de la prestigiosa institución premiante. A la hora debida, el alma volaba sin merma adonde se lo permitieran sus alas, con o sin prótesis. Eso era asunto suyo y de sus compromisos previos, en los que no incidiría ningún obstáculo demoníaco.

El ufano señor estudió todos los aspectos de su fortuna y aceptó un premio tan sin condiciones. Y se acostó a esperar que el día siguiente le trajera la felicidad prometida. Amaneció niño. Como tal no hubiese podido alegar su desconformidad, ya que la infancia ignora el recurso del reclamo jurídico. Además, en el viaje de regreso por el tiempo había olvidado los accidentes de su vida pasada, incluso ese, tan excepcional, de haber sido una persona mayor y ya no serlo.

Hay que decir a favor del Maligno que las circunstancias que complicaron su original gesto publicitario habían sido descuidadamente estudiadas por su equipo consultor. Este prefirió adecuar el método por el cual se conseguiría hacer feliz al afortunado al caso individual, cuando surgiera.

Llegado el momento, supieron que el afortunado manifestaba una marcada tendencia a derivar su infelicidad de circunstancias inherentes a su condición de adulto, como ser el exceso de información sobre todo: sobre la criatura humana en general, sobre sus compatriotas en particular, sobre la historia, sobre el pasado y el presente, con previsiones muy insidiosas sobre el futuro. Desde las circunstancias que habían hecho surgir los movimientos ecológicos hasta la *bad painting*, desde la calumnia y la justificación de los medios por los fines hasta la mala memoria de las víctimas, todo lo afectaba. Volviendo al señor orate o idiota se podría eliminar su sensibilidad como causal de desdicha. Se alcanzaba así lo prometido sin mayores apuros, pero la trampa era demasiado evidente y volcaría sobre el premio un aura de desprestigio.

Solo encontraron un recurso que fuese económico y ceñido a los intereses primordiales de la Empresa Organizadora: retrotraerlo a una edad inmune a las antedichas angustias. En verdad, lo honesto habría sido corregir las fallas que producían la perturbación, pero eso hubo que descartarlo. Implicaba inmiscuirse en los asuntos divinos y ya se sabe que la armonía del Universal Desequilibrio requiere que en las alturas, desde que el mundo es mundo, el Bien y el Mal no se interfieran, aunque abajo alguna vez parezca que ha ganado el Bien en dura lucha.

No cabía, pues, otra solución que esta, diferida, de volverlo niño. Sin duda, cuando dejara de serlo, dejaría de ser feliz. Ante un falso escrúpulo del Premiador, que no quería aparecer, como cualquier comerciante de avería, timando a la clientela que confiara en él, los asesores le recordaron que en ningún momento la oferta aseguraba un caudal de dichas definitivas, dado que estas hubieran equivalido a la Bienaventuranza que, como bien se sabe, solo otorga el Altísimo. Argumentaron que estaban brindándole al transformado un envidiable paréntesis de paz e inconciencia, al cabo del cual podía suceder que hubiesen cambiado las condiciones que lo hacían sufrir o que en su segundo proceso de maduración le correspondiese una epidermis más resistente y más adecuada a la sobrevivencia en sociedad.

Ante esos argumentos y pensando por su cuenta que cuando a aquella criatura le llegaran las nuevas e inevitables angustias habría olvidado su vida pasada y con ella la infausta lotería —que también iba a ser necesario borrar de la memoria de la humanidad— el demonio se prometió no reincidir jamás en innecesarios y quizás megalomaníacos derroches. Ahora se iba a descansar un rato de preocupaciones tan ridículas. Confiaba en que ya tendría nueva ocasión de ocuparse del reiterado señor.

Pasillos

En el fondo de la vida lineal de los pasillos crepitan inquietudes que ni sospechan quienes los cruzan sin dedicarles ni un solo pensamiento. ¿Qué otra disposición suscitan en nosotros fuera de la de recorrerlos pronto, para llegar sin dilaciones al destino, aunque este sea ocasional o transitorio o no sepamos anticipadamente cuál es?

Es raro que el pasillo sea un fin en sí mismo. Lo habitual es que constituya una etapa anodina, rápida, casi advenediza. Quien aspira a ingresar al cuarto del amor o del trabajo gustoso, al salón de los agasajos, al regazo efímero de las habitaciones de paso o al simple espacio de los desahogos más privados, no repara en él. A lo sumo se impacienta por ese estorbo suplementario que se desenvuelve bajo sus pies y lo demora.

Por lo común, los pasillos son obra de constructores no imaginativos que demuestran una total ausencia de solicitud a su respecto, al hacerlos consistir apenas en una alternancia de paños lisos y de vanos. Sin embargo, los pasillos suelen guardar decoro y compostura. Me resisto a jugar con la idea versallesca de la decoración, sobre todo porque Versalles y otros palacios de su tiempo abusaron de la fraudulenta circunstancia de que en sus habitaciones, por suntuosas y personales que fuesen, el tramo próximo a las ventanas usurpaba las funciones del corredor, con la ayuda de una serie de puertas enfiladas.

Las aberturas solo tienen una mínima relación con el pasillo. Este, en su dignidad, se limita a su propia superficie desnuda o alfombrada y nada tiene que ver con lo que suceda detrás de aquéllas. Está librado a sí mismo, a su natural penumbra o a sus luces solitarias, a sus zócalos, cornisas y boceles.

Nadie percibe cómo dos inclinaciones arraigan poderosas fuerzas virtuales en la dirección de los recorridos posibles que lo cruzan. Una, le hace ansiar convertirse en un patio amplio. Incluso, pese a su natural pacífico, puede desear ser un patio de armas para gozar de su obligada amplitud, ser, en fin, algo donde la gente se beneficie, sin una finalidad precisa, de una vastedad que incluye todas las dimensiones, en especial las que sugiere el cielo que corona esos espacios abiertos hacia lo imaginario.

La otra propensión, opuesta a esta voluntad de respiro profundo, de abrazo amplio, de generosidad quizás desencantada, es la de volverse dédalo. A esta se inclina en días oscuros, que también lo alcanzan, como a los hombres.

Angustiados los pasillos por su destino de servicio sin disfrute, quisieran retorcerse sobre sí mismos en el parvo lugar que ocupan, escapar volviéndose invisibles y regresar en secreto a su origen. Es posible que alguno quiera dejar su ser de paso, intentando la iracunda posibilidad de tragarse a quien avanza por ellos, vuelto laberinto, aunque sin minotauro, ya que este, al cabo, no define a todos los que fueron, sino a uno en desuso, olvidado en el campo de la más lamentablemente olvidada mitología.

Hablamos de uno de los elementos más comunicantes de la arquitectura. Pese a ello, mantiene una conflictiva relación con las escaleras. Cuando un pasillo pierde sus ilusiones tiende al vacío como única esperanza racional. Todo actúa para ejercitar su inercia sobre él, que se precipita —aunque con regularidad— escalones abajo, hacia el vestíbulo desde donde se divisa la salida, la escapatoria mediante una expansión casi comparable a la de la espuma cuántica. Allí concluyen sus angustias, sus glorias, si las hubiera, sus odios, su mínima trayectoria. Como lo han hecho o lo harán los hombres que lo recorrieron, hiriéndolo con su distracción, se disuelve para siempre en la nada.

Un lugar abrumador

Deseoso de encontrar un nuevo domicilio, el señor Blanco auscultó las propuestas de un aviso que ofrecía un apartamento, al parecer decoroso, en un precio accesible. Recogió en la portería la llave con la que abrió una puerta de dos hojas con vidrios esmerilados. Mirando su dibujo, de simétricos jarrones con flores, fue arrastrado hacia una antigua rosaleda, una tarde de otoño, contra la que se proyectaba la cabeza inclinada de su padre bajo un sombrero oscuro.

Tres escalones, que subió inquieto, lo enfrentaron al ascensor. Al entrar, la reja de encaje de hierro blanco se curvó. Subió encerrado en una prodigiosa jaula barroca como la que había visto en Praga, donde custodiaba el chorro secular de una fuente. Salió en el primer piso anegado por una humedad interna y una desubicación total.

Ya dentro del apartamento, desde la ventana cerrada que daba al pozo de luz, le llegó un lúgubre lamento encarcelado. Entreabrió un poco las hojas, recibiendo en el rostro un sórdido reflejo de frío, una cola de aéreo lagarto, una mojada bandera desgarrada que se disolvió a sus espaldas. Al volverse y avanzar en dirección opuesta, hacia los balcones que se abrían sobre el sol y los árboles, le pareció caminar hacia un vórtice, hacia el topetazo entre dos signos encontrados y a punto de anularse: el campo de la luz que viene de las ventanas que dan a la calle y el campo de la no luz que no emerge del pozo de luz. Había un punto donde chocaban en silencio, levantando una espuma de aniquilación recíproca difícil de atravesar. El señor Blanco, angustiado, intenta eludirla aventurándose por un corredor que ha visto asomarse furtivo y retirarse de inmediato, como receloso del tumulto exterior que el visitante representa.

A medida que avanza junto a la larga pared, ve abrirse a su izquierda grandes habitaciones, una, dos, tres, sospechosamente vacías. Mira un cielo raso cada vez más alto y en postura de acecho y no puede menos que sentir que la zona protegida del frente se aleja con movimiento uniformemente acelerado. Entre tanto, desde lo aún no visto, progresa una profunda fuerza de maceración destructiva, anulando toda la capacidad que guarda la materia librada a sí misma de ser jardín, fuente, cielo, perfumes, enredaderas.

Al llegar al fondo, entra en los vahos de una espelunca. Presume que por ahí ha de estar la cocina. Sí, es mínima, sorda, tenebrosa. Tiene una ventana pequeñita que parece dar sobre un bosque del Carbonífero superior, desmadejado de helechos. Al atravesar el patio oscurísimo y llegar a un pequeño baño, descubre en unas bandas azules, verticales, el maligno propósito de luchar contra toda ilusión de horizonte marino, ola, isla alejada, barco. Es una nueva perversidad de tanto elemento que, ahora empieza a convencerse, ha permanecido demasiado tiempo solo, dejado de la mano del hombre y de los contrariados espíritus del bien.

Escapa hacia la puerta, elude el ascensor y baja corriendo el tramo de escalera que lo separa de la calle, en donde se recupera con trabajo de su deplorable estado, prometiéndose no visitar nunca más sin compañía un apartamento viejo, sobre todo si le consta que se trata de un lugar con un pasado desconocido.

Un monumento para Eva

A la señorita Pardo le importaban sobre todas las cosas las palabras. De niña le habían explicado que nada sentaba mejor antes de dormir que una dosis regular de diccionario, entendiéndose por regular su aplicación constante, noche tras noche, y también la cantidad discreta, ni tan escasa como para no avanzar de modo visible en el empeño, ni tan contundente como para anular por agobio el propósito básico: grabar durante el sueño aquel acervo que, dentro, se volvía de oro. Por esos años de revelaciones comía, veloz, su cena, sin apreciar posibles refinamientos, con tal de concluir pronto y retirarse a la paz de su diccionario. Una única cosa podía disolver esa apatía que alarmaba a su familia y era la presencia en la comida de algún ingrediente novedoso. Y no porque agregara una provincia más al reino de los sabores, sino otro nombre, el dibujo de otra palabra, la delicia de un sonido diferente. Ganaba entonces no la memoria del gusto avinagrado y particular de la alcaparra o el inconfundible perfume de la albahaca en el caldo, sino dos palabras casi hermanas que serían clasificadas por sus cuatro sílabas rotundas de vocales abiertas y de orígenes arábigos. Un día descubrió las etimologías. Eso fue la culminación, la cúpula con la que remató el templo de sus secretas adoraciones.

Así llegó a ser, ya adulta, una coleccionista entusiasta. Luego sería una coleccionista avara. Hablaba poco, convencida de la incapacidad de la gente para apreciar, más allá de lo que decía, el precioso vehículo empleado.

Esa devoción por una materia considerada insípida y exhumativa no implicaba, pese a lo que pudiera pensarse, sequedad de alma. Tenía familiares, amigas y amigos muy queridos, si bien ellos no participaban de sus fervores lexicales. Era probable que por eso no retribuyesen por igual sus afectos, que podían parecerles algo exánimes. Cuando llegaban aniversarios que requerían un regalo, la señorita

Pardo se desvelaba desde días atrás pensando en un vocablo precioso por sus sonoridades pero también por el sentido, que había de adecuarse a la persona obsequiada. Era necesario, claro, que esta no la tuviese en su haber. Al fin, la señorita Pardo aparecía con su palabra rodeada de todos los adornos y delicadezas con que se presenta un obsequio refinado, sin que nadie aquilatara el trabajo y los cuidados pasados. Le agradecían apenas con una sonrisa de mero cumplimiento, las más de las veces irónica. Ignoraba, claro, su fama de extravagante y aun de escatimadora, por el estilo infrecuente de sus regalos.

Un día, una prima muy querida enfermó sin remedio y murió. Enfrentada a una pérdida que le tocaba muy de cerca, la señorita Pardo sintió la necesidad de hacer un pequeño ramo con algunas palabras preciosas, que pondría sobre el pecho de la yacente, palabras que se irían a la tumba con ella y que la donante olvidaría, claro está, para que la ofrenda tuviese sentido. Ese duelo fue el primero de una larga serie: murió su abuela, una hermana, su madre, tíos, su padre. Aunque más cercanos unos que otros, todos tuvieron un ramo de igual naturaleza. La señorita Pardo vio reducidos sus tesoros. Se avergonzó de pensarlo.

No hacía mucho había encontrado una rara amiga, un alma gemela. Caminaba por el puerto y notó que una señora, por mirar el vuelo de las gaviotas en torno a la red que izaban unos pescadores, estaba a punto de llevarse por delante una de esas grandes piedras donde se amarran los buques. —¡Cuidado con el noray!, advirtió. Sin pensarlo, porque solía guardar para sí las palabras que nadie usaba. —Gracias, no lo había visto. O proís, le respondieron con afabilidad. Se supieron hermanas en el pastoreo de palabras. La nueva amiga, Eva, disponía de gusto por el tema y de tiempo. Había descubierto algunos tesoros; coleccionaba Mirós y Tamayos, es decir, insólitos y coruscantes nombres descubiertos en estos escritores, uno español y otro boliviano, ambos acongojados por salpimentar nuestra lengua de brillo griego. O medieval. Eva recorría las bibliotecas rescatando términos de olvidados o desde siempre desconocidos libros. Los copiaba con letras como de repostería en papeles floridos y se los regalaba, pródiga, a su amiga, que los recibía como una Dánae estremecida pero casta.

Un auto descontrolado aplastó a Eva, que murió de inmediato sin decir palabra. La señorita Pardo descubrió que esa muerte absorbía todas las ya padecidas, más soportables porque siempre le iba quedando alguien o porque ninguno de aquellos muertos era el espejo en que se veía por entero. Pero la muerte de Eva le mataba el mundo en lo más cercano, en el único ser que había compartido, aunque por un lapso breve, la médula de su vida. La señorita Pardo, entonces, hizo un monumento magnífico con cuanto vocablo había sido regalo de Eva y con los restos de sus fúnebres homenajes anteriores y, pobre definitiva de todo lenguaje, pobre de solemnidad, calló también ella por el anodino tiempo que le quedó de vida.

El doctor turbio

Una noche, al ir a acostarse, el doctor Verde se observó un eczema poco agradable en una mejilla. No le dio importancia. Habiendo llegado la fecha en que solía tomar sus vacaciones, podía omitir las afeitadas de los días siguientes para no irritar más su piel sensible. La barba, estimulada, creció abundante y con sedosa condición y el doctor Verde se vio dotado de otra manera de proponerse al mundo.

Sus conocidos, al cruzarse con él en la calle, supusieron que se trataba de una persona que se le parecía de modo notable, ya que el doctor Verde no incurriría jamás, según suponían, en la excentricidad de dejarse barba tan florida. Alguien que lo vio en las proximidades de su casa, concluyó, con la solicitud usual en quien no acepta no dejar algo sin explicación, que debía tratarse de un hermano llegado, quizás, del extranjero. Como suele ocurrir, una idea sin otra consistencia que la adquirida en su paso fugaz por el cerebro que la abrigó por un instante, se hizo carne al ser exteriorizada con poca prudencia. Empezaron a correr los rumores: el doctor tenía un hermano del que nunca había dicho nada. Ese hermano había aparecido por sorpresa. Nunca andaban juntos, del brazo, feliz el doctor, como sería normal, al mostrarle la ciudad y al presentarle a sus amigos. Algo había de oscuro en ese hermano, en su surgimiento tan repentino y misterioso y en la simultánea desaparición del doctor. Algo turbio, quizás, en este. Como la gente hasta ese momento lo había estimado, lo más benévolo que pudieron hacer en su favor fue encerrarse en una compacta discreción. Nadie le preguntó nada, dado que nadie lo descubría debajo de su barba y nadie osó llegar con paso averiguador hasta su casa. Al verlo venir, es decir, al ver venir al supuesto hermano, la gente seguía de largo, mirando hacia otro lado o cambiaba de acera. Aquel extraño les resultaba desagradable.

El doctor Verde no odiaba al mundo pero estaba un tanto aburrido de tener que saludar a tanta gente, amigos, clientes, vecinos, simples conocidos. Por ello encontró maravilloso el anonimato que le concedía la barba. Es verdad que él ayudaba a la transformación mediante un viejísimo sobretodo del que nunca había querido desprenderse, extraído ahora del desuso de un ropero. Creía, pues, circular por el mundo casi como si fuese invisible (a la manera de Juan Ramón Jiménez, que pasaba de una parte a otra de su casa ante visitas no deseadas, trasladando un biombo entre él y ellas).

Desapareció al fin el eczema y el doctor Verde no dispuso de más excusas para su barba. Terminaba el tiempo de sus vacaciones y terminaban los fríos. Le resultó cómodo volver a su natural estado. Guardó su viejo sobretodo y salió a la calle, retomando su antigua y en modo alguna inquirida personalidad. El un día antes evasivo doctor, concluida la que tenía por secreta broma de su anonimato, observó con asombro que sus conocidos, vecinos, clientes o amigos lo eludían de manera ostensible o lo saludaban con prisa y titubeantes.

Su reaparición, siempre solo, como antes su presunto hermano, y la simultánea evaporación de este, confirmó las sospechas tácitas o comentadas. Allí había gato encerrado, era harto evidente. ¿Por qué, si no, liberarse de la presencia, sin duda indeseable, de su hermano? ¿Y por qué esta era tan indeseable? ¿Y cómo se había liberado? No tardó el informado de rigor en asegurar que la policía hacía discretas averiguaciones. Entre tanto, lo mejor era andarse con tiento. Cada uno de los apasionados por el tema (es decir, cada uno de los ociosos que nada tenía que ver con el doctor) trabajó en él con toda su fantasía, según es usual, en pro del mal de un prójimo al que de pronto descubría diferente y por lo mismo monstruoso. Pronto el doctor Verde se vio sin amigos y sin clientes. También los vecinos dejaron de serlo cuando el perplejo doctor, que nunca logró entender el cambio desencadenado en su vida, tuvo que trasladar casa y consultorio a lugares menos imaginativos.

La paz fraterna

Las dos viejecitas se odian. Ignoran bulliciosamente el remoto porqué. Como ya están casi fuera del tiempo también ignoran desde cuándo, aunque también ignoren que lo ignoran. Pero recuerdan, sañudas, la catedral de cristales que Viola derrumbó antes de ayer, el jardín panegírico devastado por Rosa hace muy poco, el precioso sombrero de paja amarilla en el que pastó la cabra vecina, por culpa de Viola, la mata de romero que Rosa asiste con pasión, comida por las hormigas de Viola y la tormenta provocada por ella el día de la tan preparada salida de Rosa y como un trocito de mampostería se derrumbara sobre la cabeza de Viola en momentos en que espiaba a Rosa y como un ramo de anémonas fresco de una semana, puesto ante la virgen favorita, se ha despetalado por un golpazo de Rosa, del todo maligno, abajo, en la puerta de calle. Y sobre todo tienen presente, ahora, rabiosamente claro, el capodimonte del corredor, que cada una desplazaba a razón de una micra diaria hacia su campo, es decir, hacia la puerta de su dormitorio, y que un día la unidad dividida —un volcán, un Etna hecha— zarandeó abrazándolo (nunca, en los últimos diez años, ambas habían estado tan juntas) y echó a rodar escalera abajo, acrecentando las sendas deudas sin amortización posible.

No dije aún que eran hermanas y viudas de sus padres y que compartían en incombustible celibato la casa heredada en un esquivable pueblecito de Catania.

A partir de ese instante el odio fue más que la ancianidad, que la flaqueza, que la distracción. Más que la prudencia, no necesariamente moral, en la que las criaturas se encajan en a veces inconsciente búsqueda de seguridad, a lo largo de su vida. El nubarrón de inquina se concentraba en lo encerrado de la casa. Allí los sordos truenos, las luces malas, las descargas de ozono.

A los vecinos no les llegaba nada de esta furia privada. Estaban acostumbrados a aquellas viejecitas, ni charlatanas ni plañideras, muy solitarias. Tanto, que andaban, en el tiempo del calor, cada una en una punta distinta del jardín. Quizás por eso el centro estaba visiblemente abandonado.

Sabían, sí, aunque de indistinta manera, que eran dos, una más enjuta y como más vítrea y alegórica y la otra, más baja y sólida y perentoria de movimientos.

Alguien, más compasivo y menos atareado, cayó en la cuenta de que venía viendo aparecer a una sola. Preguntó: ¿E la sua sorella?

—¡Dorme!, le fue respondido con placidez célica.

Quizás porque los días eran más benignos, se la veía afuera más seguido. Reiterada la pregunta ofreció la misma respuesta sin impaciencia:

—Dorme.

Un olor se hizo sentir por la zona como de palomar apestado. Atrajo a las moscas y a la autoridad. A los insistentes golpes en la puerta, la anciana se asomó desde una ventana alta, al hombro la larga trenza. Es probable que la violencia de quienes pretendían entrar a la casa le recordara otras violencias no muy lejanas y se asustara. Tardó en abrir. Antes de que le preguntaran nada

—¡Dorme, dorme!, dijo y se puso a llorar.

Otrosíes

—¡Cómo puedes usar semejante argumento! ¡Parece de los que usaba mi madre, que era una señora muy buena pero, ya lo sabes, retrógrada! Todo lo tergiversas.

Esto lo profiere la señora Rojo para la señora Azul, en el curso de una amable conversación en su casa. La señora Azul no ignora que, apoyada en su antigua amistad, su amiga la considera idiota, en el sentido griego: porque no participa en la cosa pública, aunque a veces opine sobre ella. En realidad, en el país de ambas, con excepción de los profesionales de las funciones políticas gravemente afectados por ellas, todos participan opinando.

Los artilugios argumentales de la visita han sido anulados con desdeñoso fervor por la dueña de casa, que por serlo se arroga el derecho de no otorgar realmente a su contrincante nada de esa confianza que a cada paso le ofrece mediante varias figuras retóricas. Tampoco permite que la memoria de algún error antiguo le sugiera una duda nueva. Se la ve sostenida por su juego completo de superioridades, con unos pocos condimentos necesarios al sabor expresivo de la discusión: algún juicio de autoridad, algunos juicios morales. Entre estos uno muy sólido es que la visita comete delito de inconsecuencia, ya que es claro y para colmo no lo niega, que manifiesta fervores y desintereses que no se le conocían veinte años atrás. Eso implica, además, el hoy gravísimo delito de incomunicación, puesto que no opina como quienes opinan como la dueña de casa. La conversación se alarga, se atasca, se desfibra, se oscurece. Los opuestos argumentos se pierden, cada uno por su lado, en los tramos del gran laberinto en el que las señoras se adentran. Es notable el empeño que las dos ponen en llegar a la luz que la esperanza prevé al final de tales construcciones. Cada una intenta arrastrar a la otra hacia esa hipótesis, mediante la ternura, la distracción o alguna daga de la mente. Reluce una repetida arma verbal: el Sistema Ominoso de

Referencias Preferenciales. Surge en el momento preciso en que la señora Rojo teme que un aserto obvio produzca desconexiones en el mecanismo de obstrucción que impide la llegada de argumentos peligrosos a una zona de bajas presiones. Pero hay falla aparente en los sistemas de seguridad, que ya tienen varios lustros de uso. Cuando la visita introduce un argumento discreto, de dimensión algo mayor que lo previsto, la dueña de casa se aqueja de un ataque de tos y de lágrimas reflejas, demorándose en su pañuelo hasta la completa extinción del estorbo. Ya se sabe que incluso en las discusiones privadas y espontáneas, aunque no integren el Ciclo Nacional de Mutuo Oprobio, los efectos de un argumento se evaporan al oponérsele un nuevo razonamiento sobre otro tema.

Quizás deberíamos aclarar que la discusión se ha iniciado porque la visita insiste en considerar que la tierra es aproximadamente redonda, admitiéndole matices naranjiformes, calabaciformes o, como homenaje a su querido Satie, en forma de pera. La dueña de casa proclama, en cambio, que la tierra, «como es sabido», manifiesta, sobre todo vista en ese momento desde los observatorios de Montehabano, una forma de balalaika ansiosamente estructurada, que le parece la más bonita y con más futuro.

Perplejidad

Cuando muy joven, inexperto e inaugurante, imaginó que nada se parecía a nada y que la vida le depararía la sorpresa asidua y la ilimitada originalidad de los seres. Con la madurez llegó a convencerse de que todo se parecía a todo, de que estaba recorriendo un inabarcable estacionamiento, en orden, sin caprichos ni sobresaltos, donde cada piso repetía el diseño inmune de los anteriores.

Así le llegó la muerte, tal como se la había predicho un médico moderno, de acuerdo a previsoras éticas últimas. En el momento mismo del tránsito, quienes estaban a su lado le escucharon un débil silbido. ¿Asombro, al fin, al cumplir su suprema embajada en la otra orilla, por algo inesperado que en esta entreveía? Quizás aquel silbido abreviaba las postreras palabras de Charles-Louis Philippe cuando, en idéntica circunstancia, miró a través de su monóculo lo que nadie era capaz de ver: «Nom de Dieu que c'est beau!». ¿O fue hartura ante la comprobación de que, una vez más, todo era tal como lo había supuesto en muchos momentos desnudos: parejamente vano y especular? Nunca supo que su escolio poco solemne ofreció a sus testigos el relieve que él buscó siempre en subida: el escándalo irreprochable a partir del cual el pensamiento queda girando sobre el eje de una insoluble pero esencial interrogación.

Las comunicaciones de la materia

Una casa, sobre todo si tiene jardín, goza de poco aislamiento. El jardín, salvo que lo rodee un muro alto y carcelario, promueve el descuido de las defensas. Es proclive al ingreso de perros y de gatos, tras los cuales pueden llegar propietarios transitoriamente abandonados. Su vegetación, aunque sea selvática y espinosa, no impedirá avances hacia el timbre o la campanilla. Estos han imantado siempre a los niños. Muchos adultos conservan esa atracción infantil. Pero los niños encuentran más divertido echar a correr después de desencadenar el sobresalto, en tanto que los adultos justifican el extravío ancestral soportando a pie firme las consecuencias de su arriesgado gesto.

Pero hablemos de los Berry. Durante un largo periodo vivieron en un régimen «de desplazamiento perpetuo de las intensidades designadas mediante nombres propios», para valernos de una extrañísima fórmula ajena. Luego llegaron a Montehabano, ciudad hospitalaria si las hay, donde la gente, siendo profundamente sedentaria y estimadora de los bienes espirituales raíces, practica un incoercible movimiento interno, con paradas en ciertos hogares con prestigio de afables y no menesterosos. Como a los Berry no se los conocía mucho, gozaron al principio de un tratamiento de privilegio: los rodeó una inusual discreción que reemplazó las visitas dramáticas por llamadas telefónicas, un poco más limitadas en el tiempo. Había una lista infinita de recursos para interrumpirlas, pero podían ser tan invasoras como los llamados a la puerta: irrumpían en el lecho, en el sillón de la lectura, en la mesa del trabajo o del apetito, en el enclave privado de los íntimos desahogos. A medida que los Berry fueron considerados aceptables, los reclamos telefónicos disminuyeron y aumentaron las visitas sorpresivas.

Los Berry no protestaron: cambiaron su casa por un apartamento en un décimo piso. No les parecía posible, dada su ubicación en la sociedad, recibir sorpresas desde la azotea, no contaban con amigos ni con enemigos en las fuerzas armadas. Tampoco tenían contacto con ejecutivos de la zona empírea. Es decir que guardaban distancia con las dos franjas que pueden mostrarse expeditas en el uso de helicópteros. La entrada del edificio estaba, como todas, a mano, pero el interfono era un cancerbero discreto, cuyos ladridos podían ignorarse con solo cerrar una puerta interior. Los amigos empezaron a hacer educadas citas y los indeseables, que también pueden ser comodones y volubles, se desentendieron de ellos.

Se anunciaba un tiempo de calma donde reencontrarían cierta paz perdida, cierta gracia espiritual y —quizás hasta eso sería posible— una nueva confianza en la humanidad. Empezaba el otoño, por las ventanas abiertas entraba el aire grato y grave, mientras una paloma, convidada, ganaba confianza ante aquel tranquilo interior. Con los primeros descensos de temperatura probaron la calefacción, que se ofrecía discreta desde lo alto de las puertas. Un aire tibio invadió las habitaciones, bienvenido y pronto olvidado. Nada descuida tanto al hombre como lo que depara bienestar. Entregados al silencio, que ofrece por igual ideas y un magmático vagabundeo mental sin apremios, aceptaron con despreocupación esta encerrada primavera eterna que postergaba los compromisos sociales del invierno. Podían suponer que el mundo seguía de viaje o en los balnearios. Podían, simplemente, convencerse de que habían logrado segregar una crisálida de hilaza acogedora, aislante, tan aislante.

Sin embargo. Primero fueron perfumes. Nada ingrato. Un intenso olor a violetas y junquillos mezclados dio la vuelta por todos los rincones como un ala perdida. Pero sí era misterioso y los retuvo en su trama todo el tiempo que duró y cada vez que lo recordaban y trataban de entender. De a poco un río de invasiones sutiles rompió las compuertas. La inaccesibilidad del hogar terminó. Una mañana aparecieron envueltos en el olor penetrante de un jabón de baja estofa. ¿Qué era ese pachuli?, se dijeron, echando mano del término que usaban en los cines para advertir la necesidad de huir hacia un campo oloroso neutro. Después, cuando ya llevaban un buen rato de haber concluido el desayuno, un eco de tostadas cantó sobre su apetito ya acallado, anticipo de otros olores que ellos no estilaban: café y no té y fritos diversos y mezclados. Los mediodías los volvían a la calma del principio, pero con la caída de la tarde y el regreso de las abejas a la colmena quedaban envueltos en pugnaces constelaciones que se empujaban unas a otras. Se desplazaban a veces con violencia, al parecer según ciertos principios: los aromas no se mezclaban, se sucedían, se interrumpían y de acuerdo a la hora podían pertenecer a familias similares, cada uno con su estilo peculiar. Estaba el momento del cardamomo y el jengibre, que eran aceptados por los Berry casi como propios, pero olores más tradicionales, a cebolla, a salchicha, a chucrut o a cocido, se arracimaban en la vertiente de las siete. Otras veces, una seca andanada de algodón despertaba ansiosos remolinos en el agua de los vasos. La vida de los Berry empezó a desgobernárseles. Aquella procesión impalpable resultaba tanto o más invasora que otras indiscreciones terrestres y era difícil de soslayar o de digerir. El mundo se les hizo más patente que nunca. Un simple olor a repostería o a enfermedad (porque también llegaban olores a alcoholes eucaliptados y mentolados o a esos ungüentos con los que se adereza los reumatismos) llevaba sus pensamientos donde ellos no querían. A veces, la injerencia les hacía sentirse indiscretos, para colmo de contradicción. Tal cual protegían su intimidad, no querían violar la ajena. Pero cómo evitarlo cuando después de oír abrirse la puerta vecina, llegaba hasta sus narices un olor a caricias, a lecho tibio, a vapores corporales...

No tenían un instante de paz. Se angustiaban, involuntarios y callados —porque la única tímida táctica de posible defensa era no hablar de ello— por ajenos pasteles que empezaban a quemarse, leches derramadas y pañales aún por lavar. Renunciaron a los perfumes de tocador, aunque les agradaba su empleo, estragadas sus narices por aquel muestrario un tanto depravado que soportaban sin respiro. ¿Recuerda el afectuoso lector cuántos aromas constituyen la vida de una familia? Aunque dejemos de lado las más extremas agresiones de otros olores del mundo —a curtiembre, a aguas estancadas, a gallinero, a orín equino, a lobo marino muerto— las que tienen origen en el hogar son muchas. Los Berry compraron estufas y ropa de abrigo, antiguos ventiladores y abanicos y en busca del perdido aislamiento clausuraron sin pena el aire acondicionado, demasiado compartido, demasiado comunicativo. Como en otros tiempos, volvieron a buscar el paseo por parques tranquilos o a la orilla del mar, con su definido, modesto olor a resaca.

Los poderes del blanco

La señora Rosso coincide puntualmente con el Metro. Está cansada, pero por esta vez evitó la Correspondencia Interminable y tiene un asiento para sí y para sus paquetes, trece estaciones por delante y tres libros. Todo está bien. Después de días de desencantos —no sabía cómo se llamaba ni en qué calle buscarla— dio al fin con la librería especializada donde la esperaban los tres títulos que perseguía desde mucho tiempo atrás. Ya estaban por cerrar. Los compró y salió rápida. Era tarde, también para ella. Pero ahora tiene tiempo de sobra para mirarlos antes de entregarse a la lectura del primero que elija, en su casa, junto al radiador y al té calientes. La señora Rosso saca un volumen de la bolsa donde se los entregaron. Un título agotadísimo, inhallable antes, siempre mencionado con reverencia, un rayo verde de la literatura contemporánea, la novela que le faltaba leer de... ¡Ah, pero son cuentos! El entusiasmo bajó un poquito de nivel. Algunos cuentos pueden ser la culminación de la obra de un autor, pero ahora tenía antojo de dejarse envolver en novela.

Vuelve el libro a la bolsa y saca otro. Siente de nuevo esa emoción, mezcla de asombro y de cariño, por un autor al que conoció, uno de los espíritus lúcidos de estas décadas, como tantas veces se dice de otros, alguien con una evolución osada, literariamente discordante a la hora en que los escritores y la gente en general se aposenta en el lugar común (que para esperar que a uno lo dejen tranquilo es el más seguro de los lugares). Unas pocas páginas, a la medida del trayecto que tiene por delante, presentan la obra. Va en busca de la firma del prologuista y al pasar las hojas recibe la punzada de la decepción. «Descubierta entre papeles póstumos, sin duda comenzada en sus años de *partigiano*..., inconclusa». Detesta las obras inconclusas imprevistas y la frustración con la que culminan. Las detesta desde la adolescencia, cuando al cabo de una muy larga y apasionante primera novela policial inglesa descubrió, desolada, que el autor había muerto antes de escribir el final. Desazón que se repitió años después con otra que, bajo la apariencia de un desarrollo serio, encubría un monumento paródico, una burla a la curiosidad malsana. A la hora de la anagnórisis, su autor, un estupendo italiano, levantaba pluma y vuelo, dejando al lector ayuno de desenlace. ¿Había derecho? Solo una cosa detestaba más que eso: la osadía de quienes profanan lo inconcluso, con extensiones por lo general inanes o inarmónicas. Igual habrá que leerlo, se dijo.

Guardó el segundo libro y vaciló un momento, pensando en el tercero, un mito de su primera juventud, famoso desde una lengua inalcanzable, que al fin podría leer. Con él en la mano, alzó la vista para ver por dónde andaban. Gracias a la distracción que permiten los recorridos largos, apenas había registrado el movimiento de ascenso y descenso que marca las estaciones.

Del otro lado del pasillo, en el asiento simétrico, un hombre sacaba en ese instante de una bolsa como la suya, tres cuadernos de brillantes cubiertas y distintos, vistosos colores. Ella no pudo menos que demorar una mirada indiscreta. Las manos algo toscas del hombre abren uno. Tiene rayas horizontales regulares y verticales rojas y negras agrupadas a un lado de las hojas. Un cuaderno de contabilidad. El hombre lo repasa repetidas veces, se detiene en una página, vuelve atrás, sigue adelante. Después de un tiempo que a la señora le parece excesivo, guarda el cuaderno rojo y abre uno verde. Este también es contemplado, se diría que es saboreado, en especial el interior, que tiene una cuadrícula pequeña de finas líneas azules. El hombre se demora en cada hoja. A veces roza con las yemas de los dedos la superficie, deja pasar entre ellas el borde del papel, todo con lentitud. Por último y con aparente delicia, después de haber vuelto a la bolsa los dos primeros cuadernos, se ocupa del tercero, cuyas cubiertas son de un reluciente cobalto. Al ser abierto y recorrido como los anteriores, resultó blanco por dentro, simple y totalmente blanco, de un papel muy mate, que contrasta con el brillo de las tapas y que a la señora Rosso le parece de mucho cuerpo, rugoso y absorbente: un papel de dibujo, un papel noble. Eran tres buenos cuadernos y el propietario parecía estar orgulloso de ellos. En vez de guardar el tercero, sacó los otros dos y sopesó los tres juntos. Mientras lo hacía levantó la cabeza con lo que a la señora le pareció arrogancia —¿candorosa o no?—, mirándola de manera directa. Ella, que todavía tenía su tercer libro sin abrir en las manos, lo volvió a guardar, atendiendo al interior de su bolsa para escapar de esa mirada que reprochaba la indiscreción de la suya. Pero ¿había reproche, reproche por introducirse —pecado mayor— en la intimidad ajena, u otra cosa, en esa sostenida respuesta? ¿O, de pronto, el humano deseo de compartir cierta idea de la belleza? Como fuese, en esos breves segundos, la señora Rosso sintió levantarse un viento que barría sus ganas de leer, su infantil entusiasmo, su general e hipertrofiada codicia por los libros. Sintió un sorpresivo despego ante tanta letra impresa y un apetito nuevo por las consabidas posibilidades ilimitadas de un cuaderno en blanco, la hipótesis de la página blanca mallarmeana, ya encuadernada, espejo inagotable del inagotable mundo, con tapas también sin contaminar.

Solo el hábito y el no querer hacer visible su derrota hizo que al llegar a su estación no dejara abandonada una carga que ahora le parecía pesada e indeciblemente mezquina.

Dánae de nuevo visitada

Era lo que suele considerarse un hermoso y estable día de verano, antes de que aparecieran en el cielo unas nubes enfáticas y se precipitaran hacia el sur como gobernadas por una alucinación. Pese a la velocidad de su desplazamiento, otras venían aún más rápido sobre el cielo del pueblo. Ya hacinadas, se deshicieron en una lluvia emoliente y escandalosa, tan intensa que cubrió con su estrépito las protestas que provocó. La súbita descarga volvió imprevisores a los meteorólogos más linces.

Don Semíramis fue, de todos los desprevenidos, el que quedó más en evidencia. Estaba dorando las molduras en el frente del piso alto de los Donagaray. Ardido por el calor, tenía todas las ventanas abiertas para entrar y salir, mientras se debatía entre el bochorno de la terraza en la que trabajaba y la sombra quieta y horneada de las habitaciones.

No hizo caso del viento cuando empezó, distraído en la perfección de un detalle cuyo hueco le exigía un esfuerzo esclarecido para fijar las escamitas doradas que desprendía una por una.

Con el primer aire arremolinado y los primeros goterones despertó de su abstracción, bajó del andamio y entró a lidiar con fallebas y pestillos. Cerró puertas, ventanas y banderolas con lentitud debida al calor y a cierta fatiga que no le gustaba confesar. Necesitó mayor acometividad y tiempo para volver a su hermetismo de años el tragaluz herrumbroso de un altillo, también violado por su sensación de ahogo.

Cuando terminó y volvió a la terraza, el chaparrón y un desagüe habían llenado el recipiente del que iba cogiendo el leve material de oro. El agua desbordaba y caía estrepitosa y llena de brillos hacia la calle. Luego corría junto al cordón de la acera.

Ipsipila la vio pasar y gritó. Un arrobo casi místico la sacó de su natural apatía y pudo guardar pruebas del maravilloso suceso en un frasco que fuera de colirio. Es posible que se haya representado rodeada por los brazos de un imposible cuanto admirante marido al que, con irreflexivo exceso, pudo añadirle una prole, narrándoles hasta su ancianidad ese único momento de su vida iluminado por el prodigio.

Así, conservada por esmeros de la capacidad fantasiosa de una doncella perpetua, siempre en espera del somatén, la lluvia dorada, pese al secular desistimiento de Zeus de sus obligaciones mitológicas, se unió de nuevo modo a la historia de una Dánae algo desvariante. Tampoco Ipsipila guardó el secreto.

Desencanto

Detestaba los puntos y comas, el aburrimiento, ciertos barbarismos, pasar una noche en blanco después de una conversación turbia, el cúmulo de sobreentendidos erróneos. «Un día todo, *todo*, empieza a pertenecer a» —se dijo, y mirando con disgusto la hoja rara que acababa de arrancar, la dejó caer, ya sin antojo.

La verdad, su reflejo

Piedra de fuego, el verano se engasta en el jardín, que pierde clorofila como sangre un herido. No hay más defensa que anegar la galería de grandes baldosas para que la evaporación cree una quimera de frescura. Cuando se levanta por azar alguna brisa hace latir el charco artificioso. También el reflejo de las hiedras que cuelgan en un muro cercano y hasta un espacio de cielo en el que alguna nube quieta, perdida, parece moverse hacia atrás y hacia adelante en virtud de una contradictoria pamperada. Cuando el aire pasa y refresca la piel, la señora Negro goza del alivio y a la vez se deja encantar por las palpitaciones del agua. Tiene su mecedora contra la puerta de la sala. Del lado de afuera suele estar seco, para evitar riesgos de inundación hacia la alfombra. En esa orilla se forman rías y diques. Quedan anómalas islas secas por debajo del nivel del agua. Sus bordes, redondeados, se mantienen en su sitio casual por la fuerza de cohesión de sus moléculas, explicable pero misteriosa a la vista. Tiene que arreciar mucho la brisa, es decir, pasar de brisa a viento, para que el agua supere sus propios límites y se trague una isla. Eso sucede después de una leve palpitación como de asesinato furtivo, de estertor silencioso.

La señora Negro mira las enredaderas que cuelgan, achicharradas en sus tiestos ardientes y piensa que el reflejo en el piso mojado las resucita, las pone frescas, nuevas. En los reflejos todo es liso, vivaz. La señora ya no es joven. Sus anchos años han abarcado muchas cosas, buenas y malas, han desgastado sus células, espesado su sangre y agrietado su epidermis. La señora Negro no ha logrado acostumbrarse a ello, sobre todo porque con los ojos de su imaginación sigue viéndose decorosa y fina como a sus veinte años. Ya no le alcanza con haber conseguido este espacio agradable y el aire fresco que la ilusionaba. Quiere ahora que su propia piel sea lo fresco, lo liso, lo húmedo.

La señora terminará pasando todas las siestas de ese tórrido verano a pleno sol, trepada a un muro de su patio. Un momento antes de escalarlo hasta ese punto que ella sabe que se reflejará en las baldosas, se ha preocupado de inundarlas, fraguando un precario estanque. La sola subida es una azarosa hazaña y quienes la divisan se angustian aunque no se atrevan a intentar disuadirla. Pero ella sabe que allí, movida por la brisa, su imagen existirá, aunque para nadie, lisa, juvenil, podría pensarse que eterna. Ni ella misma la ve, porque ha elegido sostener su cabeza en el ángulo en que más la favorece el reflejo: mirando hacia el cielo insoportablemente azul.

Al amor de la lluvia

La señora Blanco mantiene una antigua enemistad con la lluvia. Siendo muy joven, ni Blanco ni señora, devolvió un perro perdido, un valioso y simpatiquísimo Saint-Hubert, pese a que demostraba con fiestas y conmoción de todas sus arrugas que la prefería a sus dueños. Con el dinero de la muy insistida recompensa, primero que no le venía de su familia, compró un vestido intenso y amarillo.

Eligió para la salida de estreno un cálido día gris que destacaba el color de su ropa, como ha de destacar el sol boreal sobre el unánime plomizo. El gris culminó en un diluvio, previsible para muchos pero no para ella. La no-señora-no Blanco, alejada de toda zozobra meteorológica, se había aventurado en su paseo a buena distancia de su casa. En su ciudad, las huelgas eran un sobresalto inauditamente rutinario; cuando quiso buscar un vehículo de transporte no encontró ninguno. Regresó a su casa a pie, agotada e irreconocible. El vestido había respondido al percance reduciéndose a su mínimo dietético. Menos, hubiera implicado la muerte de la usuaria por asfixia. En el punto en el que estaba casi implicó la muerte por pudor herido. Desde ese día detestó, primero la lluvia, después el amarillo.

Este desapareció de su alrededor dependiente —objetos de uso, elementos de decoración y guardarropa— sin conflictos. Pero no fue así de simple con la lluvia. La lluvia no desaparece por resolución individual. Puede gustarle conspirar contra la paz de los espíritus, cuando se adivina detestada o temida, como ocurre con ciertos perros. La no-señora-no-Blanco no tardó en darse cuenta de que la lluvia había registrado sus sentimientos inamistosos y se vengaba mediante rápidos chubascos que se producían en su ruta sin previos síntomas. Era común, en días de sol espléndido, ver una nube grácil y veloz a discreta altura, como una sombrilla independiente, cada vez más ligera a medida que se descargaba de agua tras los pasos vanamente heroicos de la joven, siempre complementada por un gran paraguas. La compañía de un cielo adventicio e inclemente la hizo célebre y gracias a tal celebridad se convirtió en señora Blanco.

En periodos de sequía se cotizaba muy bien su presencia en granjas próximas a la ciudad. Su intervención a favor de las estancias se cumplía mediante un estipendio mayor, pagos de traslado, alojamiento, menús especiales —detestaba las salvajes comidas campesinas y hasta el olor de las ovejas vivas— y reposición de vestuario.

El señor Blanco era dueño de una extensa estancia moribunda, en la zona más árida y por ello mismo más depreciada del país. No es hacerle injusticia a ninguno de los dos admitir que en el galanteo que sucedió a la exitosa operación pluvial reconoció no solo el innegable encanto y la aún más innegable singularidad de la que no tardó en ser su esposa, sino también el vitalicio cambio de clima para su campo y la subsiguiente prosperidad compartida.

Sin embargo, la señora Blanco no renunció a su norte. Se aseguró, en un contrato matrimonial algo discutido, su derecho a continuar su propia guerra* contra la lluvia, negociada o no, en los puntos que a ella se le antojara del territorio nacional. De ahí que en la ciudad y sus alrededores se la vea a menudo provocando a la lluvia con su gran paraguas de agresiva contera, mientras fuera del área húmeda, su creciente familia, que no ha heredado su problema bélico, la acompaña con lealtad alegre.

* Porque sigue siendo una guerra, que no busca la imposible e indeseable aniquilación de la lluvia sino su dominio: hacerle bailar el agua al compás que la señora le marque.

El director enamorado

El público, que al principio viera con desconcierto los movimientos de aquel director de orquesta, había concluido por acostumbrarse, dada la excelencia de sus versiones. Se lo sabía concentrado y eficaz en los ensayos, muy laborioso y atento a sus músicos. Ellos, todos dignísimos intérpretes, llegado el día del concierto, respondían a la menor inclinación de su cabeza, a la simple mirada, a la intensidad que se desprendía de su cuerpo cuando, como llevado por una ola, se volcaba hacia un lado u otro, hacia los violines o los violoncelos, o lanzaba hacia el fondo un lazo imponderable que alzaba de modo casi mágico las trompas o sacudía los timbales.

Al señalar en nerviosa sucesión la entrada y el transcurrir de un pizzicato, su batuta se movía como un pajarito asustado y reiterativo, aunque dentro de una intimidad con sus conducidos que parecía pedir que olvidaran más allá del escenario su función de director.

Pero cuando la orquesta parecía ya volar, porque el espíritu de la música y la acostumbrada perfección se habían impuesto sobre la humana gravedad, no tardaba alguien, oyente científico, cuyo amor por la música le exigía vigilar en todo momento las pulsaciones de buena salud del concierto, en notar que el movimiento de los brazos del director, en general tenue y discreto, se estimulaba, apartándose de manera bastante extraña del ritmo que envolvía a todos y que nacía supuestamente de él.

Pronto eran muchos los que se sobresaltaban. Una discrepancia tan flagrante como si una bailarina imprimiese a su cuerpo movimientos marciales a la hora de matar a su cisne no podía dejar de notarse. Pero llegaban los compases finales de la sinfonía o de la obertura o de las variaciones o de lo que fuese y aquellos insólitos instantes de desajuste eran borrados por los aplausos que nacían de la irrefutable excelencia del momento artístico que acababa de concluir.

Fue un fagot en momentáneo reposo y capacitado para leer al revés que, muy a su pesar porque era discreto, leyó los incongruentes gestos del director. Este, al irse terminando la responsabilidad de esa tarde, ya distendido, enviaba un saludo con su rúbrica a su joven esposa que, concierto tras concierto, acompañaba desde un palco sus trabajos y angustias. Era la confirmación de que, una vez más, la labor de la semana concluía con felicidad y con su amor invariado.

Jardines en el poniente

El señor Bruno se vio obligado a mudar de residencia. Junto con los enseres y los recuerdos familiares llevó consigo, como es natural, su jardín, al que está seriamente unido. No es muy grande, pero es suyo el diseño que combina una florida lemniscata, dos círculos concéntricos, una x, algunas ecuaciones de difícil resolución y otros soliloquios. El efecto es suave y grato a la vista. Predominan las gamas de rosas y celestes y asoma algún amarillo, mínimo para no ser estridente. El señor Bruno resolvió con imaginativo cuidado los detalles del transporte y nueva ubicación. Estudió la actitud del sol, los vientos de la zona, la ausencia de reptiles, el grado de acidez del humus. Le faltó conjeturar que sus vecinos pudieran estar afiliados, en gran mayoría, como lo estaban, a los Comités de Tendencia Homogeneizante. Otros, cosa que jamás hubiera previsto, eran partidarios de la Decoración Árida y algunos, pocos pero destructivos, integraban la Junta Pro Erradicación de la Belleza. No hacía mucho de su traslado inerme al lugar que había supuesto satisfactorio, cuando se dio cuenta de la irritación que él y sobre todo su jardín causaban en el nativo. Ese, carente de muros, recibía diarias agresiones. Perros nunca vistos acudían desde lejos a levantar la pata usual junto al más exquisito de sus rosales o al ciprés calvo que, estando en una delicada fase de su crianza, de inmediato oxidó sus hojitas como en el asedio del otoño. Tal era la asiduidad canina que el señor Bruno no se alejaba de sus verdes dominios para mantenerla a raya. Bastaba un apresurado almuerzo para comprobar al regreso lo enojoso del agravio. A las pocas noches escuadrones de hormigas transportaron —no importa adónde— las hojas de los crategos. Y las de los claveles de Indias, amén de sus flores. De modo más escandaloso aún, porque denotaba una complicidad galáctica, un aerolito oscuro y anfractuoso, todavía húmedo de adherencias atmosféricas, del que hubiera podido esperarse la inocencia abisal de sus orígenes ante los problemas terrestres, cayó sobre su predilecto lauro cerato, cuyos alimonados estertores el señor Bruno debió escuchar inerme.

Su familia lo había instruido en la discreta costumbre de no iniciar luchas, pero también en la de no retroceder ante la involuntariamente planteada. La vida, en un curso complementario, le demostraría que el hastío y el sentimiento de la propia vulgarización puede ser la única ganancia del empecinado. Cubrió su pequeño valle de lágrimas y de sal y se mudó a un apartamento a salvo de toda tentación de convertir la tierra en un edén.

Zoofilia

La señora que ama mucho a los animales vive en una casa carente del encanto de animal alguno. Cada vez que se siente próxima a sucumbir ante la gracia de una víbora, cada vez que piensa en la utilidad innegable de tener un paquidermo incipiente en el jardín, no puede menos que imaginar la segura envidia de sus vecinos y sus desagradables consecuencias. También se representa de manera vívida las modificaciones a que debería someter su vida para recibir al animal de sus afectos.

Es posible que su afición provenga de lecturas mitológicas, hechas con exceso de gravedad e inocencia, sobre el inagotable tema de las metamorfosis abusivas de Zeus, cuyo ardoroso zumo perseguía por la sedienta geografía griega los cuerpos juveniles donde poder multiplicar la especie en peligro de extinción de los semidioses.

De todos modos, ella no logra olvidar la facilidad con que cambian de amos algunas especies, célebres por su lealtad a los hombres. Y cómo en un tiempo se vio forzada a cegar a una lechuza, por haber creído sorprender en ella una mirada desconforme, un rastreo selectivo a izquierda y derecha, en búsqueda evidente de nueva dependencia. Y también cómo, muy a su pesar, debió obstruir las narices de un cusco hambriento, arrastrado a diario por el olfato hacia casas desde donde salían las avanzadillas de olores afectuosos. Sobre todo le duele la memoria de su adorada Capitú que, Casandra gatuna quizás, desapareció sigilosa una noche sin dedicar ni siquiera un miau a sus llamadas y a la que descubrió días después tras la ventana de una sala, desde cuya calidez la ignoró con patente descaro.

Luego de tantas traiciones sucesivas, la señora vive rodeada de trampas antirroedores, de insecticidas y de telas que espantan a los gorriones con la ayuda del viento. Eso sí, a medida que se priva, crece su nostalgia por los ejemplares maravillosos en donde se multiplicó la fantasía de la Creación.

Vuelve a representarse cambios bienaventurados en revoloteo sobre su vida áptera. Ya no le bastan las criaturas que están al alcance de todos o con las que cualquiera podría intimar en los zoológicos e imagina exclusividades imposibles. En su delirio se convence de que no le sería tan difícil viajar a Australia. Por más que le insisten en que está por completo extinto, aunque el Victoria and Albert Museum exhiba embalsamado un grande y tristísimo ejemplar, alegato contra la indefendible ineptitud del hombre como guardián de su mundo, ella está segura de que en aquel continente semidesértico, semiboscoso y que el interés posesivo de sus habitantes no logra someter del todo, sobrevive en algún recoveco y la espera, blanco y necesitado de protección, el dodo.

Índice

Algunos títulos imprescindibles
de Lumen de los últimos años

Shakespeare Palace | Ida Vitale

Mafalda para niñas y niños | Quino

El amor en Francia | J. M. G. Le Clézio

Memorias | Arthur Koestler

Vladimir | Leticia Martin

¿Y si fuera feria cada día? | Ana Iris Simón y Coco Dávez

La vida de Maria Callas. Tan fiera, tan frágil |
Alfonso Signorini

Elizabeth y su jardín alemán | Elizabeth von Arnim

Un crimen con clase | Julia Seales

Las dos amigas (un recitativo) | Toni Morrison

El libro de arena | Jorge Luis Borges

Sevillana | Charo Lagares

El nombre de la rosa. La novela gráfica | Umberto Eco
y Milo Manara

Confesiones de un joven novelista | Umberto Eco

Apocalípticos e integrados | Umberto Eco

Cuentos completos | Jorge Luis Borges

El libro de los niños | A. S. Byatt

Hopper | Mark Strand

Cómo domesticar a un humano | Babas y Laura Agustí

Annie John | Jamaica Kincaid

La hija | Pauline Delabroy-Allard

El juego favorito | Leonard Cohen

La isla del doctor Schubert | Karina Sainz Borgo

¿De quién es esta historia? | Rebecca Solnit

Quino inédito | Quino

Simplemente Quino | Quino

Bien, gracias. ¿Y usted? | Quino

¡Cuánta bondad! | Quino

Quinoterapia 1 | Quino

La Malnacida | Beatrice Salvioni

Un ballet de leprosos | Leonard Cohen

Libro del anhelo | Leonard Cohen

Dibujo, luego pienso | Javirroyo

Una mañana perdida | Gabriela Adameşteanu

Poesía reunida | Wallace Stevens

Basura y otros poemas | A. R. Ammons

Paisaje con grano de arena | Wisława Szymborska

Poesía completa | Marianne Moore

Usuras y figuraciones. Poesía completa | Carlos Barral

Una ola | John Ashbery

Cuentos romanos | Jhumpa Lahiri

El libro de los días | Patti Smith

El chal andaluz | Elsa Morante

Mentira y sortilegio | Elsa Morante

Vida imaginaria | Natalia Ginzburg

Las tareas de casa y otros ensayos | Natalia Ginzburg

La ciudad y la casa | Natalia Ginzburg

Historia de una mujer soltera | Chiyo Uno

Escritoras. Una historia de amistad y creación | Carmen G. de la Cueva y Ana Jarén

Residencia en la tierra | Pablo Neruda

Todos nuestros ayeres | Natalia Ginzburg

El hombre que mató a Antía Morgade | Arantza Portabales

Vida mortal e inmortal de la niña de Milán | Domenico Starnone

Escrito en la piel del jaguar | Sara Jaramillo Klinkert

Elegías de Duino. Nueva edición con poemas y cartas inéditos | Rainer Maria Rilke

Limpia | Alia Trabucco Zerán

La amiga estupenda. La novela gráfica | Chiara Lagani y Mara Cerri

La hija de Marx | Clara Obligado

La librería en la colina | Alba Donati

Diario | Katherine Mansfield

Cómo cambiar tu vida con Sorolla | César Suárez